Vincenth

Kawuppke & Co

© Galerie in der Töpferstube,
Postfach 6728 · 8700 Würzburg · 1990
Alle Rechte vorbehalten
Einbandgestaltung von VINCENTH
Typografie, Herstellung: R. Höchst, Dießen
Gesamtherstellung Fotolito LONGO AG
Printed in Italy

ISBN 3-924561-05-2

VINCENTH

Das ist Kawuppke und sein Hund.
Er verkaufte Fahrkarten für die Eisenbahn. Das war früher. Heute werden die Fahrkarten nicht mehr von Kawuppke verkauft. Das macht jetzt ein Automat. Ein Automat braucht nichts zu essen und kann Tag und Nacht arbeiten. Das ist billiger, und deshalb hat Kawuppke heute keine Arbeit mehr bei der Eisenbahn.

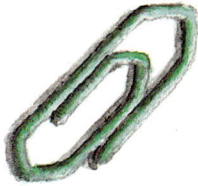

»Wir brauchen die Eisenbahn nicht, wenn die Eisenbahn uns nicht braucht«, sagt Kawuppke zu seinem Hund. »Wir unternehmen was, wir machen eine Firma.«
»Wuff?«

»Eine Firma machen ist, wenn man auf ein großes Schild schreibt ›Kawuppke & Hund‹, und darunter schreibt man dann: ›Wir mähen ihren Rasen!‹« Rasenmähen ist nämlich ein gutes Geschäft! Gras wächst von alleine, und Kawuppke ist ein guter Rasenmäher.
»Wuff?«

»Du hast recht, wir könnten auch schreiben: ›Wir reparieren Ihre Waschmaschine!‹ oder ›Wir putzen Ihre Fenster!‹ ... Hm, nein jetzt habe ich eine bessere Idee. Wir schreiben auf das Schild:
›Kawuppke und Hund – für alles!‹«

Als Kawuppke das Schild fertig gemalt hat, sehen sie es sich beide an. Irgendwas stimmt nicht. Ah, jetzt weiß es Kawuppke, so muß das aussehen:

›Kawuppke & Co – für alles!‹

So ist es gut. Schilder mit ›& Co‹ kann man überall sehen, mit ›und Hund‹ seltener!
Sie stellen das Schild vor die Tür. Dann gehen sie in ihre Firma zurück und warten auf Kundschaft.

Fast wären sie eingeschlafen, da klopft es.

»Sind Sie Kawuppke & Co?«
»Ja, ich bin Kawuppke, und das ist«, dabei zeigt Kawuppke auf seinen Hund, »das ist & Co.«
»Für alles?« fragt der Besucher.
»Ja, für alles.«
»Wuff!«

»Könnten Sie mir dann bitte meinen Fernseher reparieren?«
Das ist ja nun für Kawuppke & Co wirklich kein Problem.
Kawuppke sucht seine alte Rohrzange und den Hammer,
und los geht's.

Gerade als Kawuppke zu reparieren beginnen will, bemerkt & Co, daß der Stecker aus der Dose ist. Problem gelöst! Der erste Auftrag ist erledigt, und zwei Mark und noch was sind verdient.

Beim Fleischer kaufen sie für das Geld zwei Leberkäsesemmeln und zwei Essiggurken süßsauer. Süßsauer, das schmeckt! & Co mag eigentlich keine Essiggurken. Das aber ist die erste selbstverdiente, die schmeckt dann auch.

»Sind Sie nicht von der Firma Kawuppke & Co?« fragt der Fleischer.
»Wir sind die Firma Kawuppke & Co.«
»Für alles?«
»Ja, für alles.«
»Es ist nämlich so … hm … äh … ich habe eine Erfindung gemacht. Und ich brauche jemanden, der diese Erfindung ausprobiert.«

»Was haben Sie denn erfunden?« fragt Kawuppke dann doch vorsichtig.
»Eine Wurst.«
»Eine Wurst?«
»Eine Wurst.«
Da müssen Kawuppke und der Hund lachen. Wurst kennen sie schon ziemlich lange.
»Das ist eine besondere Wurst, meine Erfindung«, erklärt der Fleischer.
»Wir können alles. Wir probieren sie aus, Ihre besondere Wurst.«
»Wuff wuff!!!«

Und was das für eine Wurst war, so gut war die.
»Um ganz sicherzugehen, sollten wir noch einen weiteren Versuch machen«, schlägt Kawuppke vor.

Das meint der Fleischer auch. So futtern sie den ganzen Nachmittag und werden am Ende für ihre Arbeit auch noch bezahlt.
Schön ist das, eine Firma zu haben.
Wuff!

Das Geschäft blüht. Kawuppke & Co sind in der ganzen Stadt für ihre gute Arbeit bekannt. Wann immer es etwas zu reparieren oder zu probieren gibt oder wenn mal ein entflogener Vogel einzufangen ist, Kawuppke & Co sind zur Stelle. Von dem Ersparten kaufen sich die beiden ein Häuschen im Grünen, wo sie die freien Tage genießen können.

Genauso ein Tag ist es. Die Firma Kawuppke & Co liegt im Grünen und genießt den freien Tag. Da kommt ein Mann auf dem Fahrrad gefahren. Es ist der Stationsvorsteher vom Bahnhof.

Ganz außer Atem ruft er: »Sind Sie die Firma Kawuppke?«
»& Co«, bestätigt Kawuppke.
»Für alles?«
»Selbstverständlich.«
»Der Fahrkartenautomat am Bahnhof ist kaputt.«
»Das ist ja eine Katastrophe!« erschrecken Kawuppke & Co, und Kawuppke holt eiligst seine alte Rohrzange und den Hammer.

Im Bahnhof beginnt Kawuppke sofort mit der Reparatur. Er mag den Automaten mitsamt dem Stationsvorsteher zwar nicht, schließlich haben die ihm ja mal die Arbeit weggenommen. Doch ohne den Automaten gäbe es auch kein ›Kawuppke & Co‹ und auch kein Häuschen im Grünen. Also ist Kawuppke dem Automaten sogar ein bißchen dankbar und repariert ihn vorzüglich. Es dauert auch gar nicht lange.

»Fertig«, sagt Kawuppke, »probieren Sie mal.«
Der Stationsvorsteher drückt auf den Knopf. Die Fahrkarte kommt heraus.
»Gute Fahrt!« sagt der Automat.
»Das ist ja sensationell«, staunt der Stationsvorsteher.

»Ach, eine Kleinigkeit«, winkt Kawuppke ab.
»Wuff wuff …«

PKE & CO. KAWUPPKE
KAWUPPKE & CO. KAW
PKE & CO. KAWUPPKE
UPPKE & CO. KAWUP
O. KAWUPPKE & CO. K
AWUPPKE & CO. KAW
CO. KAWUPPKE & CO
WUPPKE & CO. KAW
CO. KAWUPPKE & CO.
KAWUPPKE & CO. K
AWUPPKE & CO. KAW
CO. KAWUPPKE & CO.
UPPKE & CO. KAWUP
O. KAWUPPKE & CO.